KB219274

야! 딸

아! 딸

엮은이 / 사이바라 리에꼬
옮긴이 / 츠치다 마키
펴낸이 / 조유현
편　집 / 이부섭
디자인 / 박준철
펴낸곳 / 늘봄

등록번호 / 제1-2070 1996년 8월 8일
주　소 / 서울시 종로구 충신동 189-11
전　화 / (02)743-7784
팩　스 / (02)743-7078

초판발행 / 2009년 12월 25일

ISBN 978-89-88151-54-9 03830

● 가격은 표지에 있습니다.

야! 딸

『아톰』의 원작자 데즈카 오사무 문화상 수상작가

사이바라 리에코 엮음

츠치다 마키 옮김

늘봄

이 책은….

마이니치신문에서 딸 키울 때의 엉뚱한 고생 이야기를 담은 책을 기획하고 독자들에게 원고를 모집하여 발간했다.

많은 원고들이 들어왔으며, 그림을 그린 사리바라 리에코 씨가 82편을 고르고, 50만부 이상 팔린 베스트셀러 『매일 엄마』의 홈페이지에 올라와있는 글 중 4편을 편집부에서 골라 총 86편의 이야기를 실었다.

차례

LOVE 머신

딸아, 내 남편 돌려다오

– 이바라기현 히타치나카시, 주부, 세키타니 사토코, 32세

'아내 놀이' 가 취미인 두 살짜리 우리 딸은
아빠가 돌아오기만 하면 한바탕 미친 듯이 좋아한 후
'모요?' '맘마 묵어?' 등 새색시 같은 질문을 한다.

식탁에 앉으면 '이게 맛있다!' 등 소감을 말하면서
멀리 있는 반찬을 앞으로 갖다 놓고
후식인 포도는
한 알씩 떼어서 입 안에 넣어 준다.
게다가 화장실에서 바지를 벗겨 주기까지!

그러나 아무래도 팬티는 거절당한 모양.

새색시는 맛난 음식을
자주 생각한다

감격에도 대가가 따르는 법

– 사이타마현 하부시, 공무원, 모리시게 사키코, 35세

세 살이 된 우리 딸.

모시고 사는 어머님이 오랜 병원생활 끝에 퇴원한 그날 밤.

'오늘은 할머니와 목욕할래' 하며 기쁘게 욕실로.

우연히 욕실 앞을 지날 때,

'유야, 할머니가 없는 동안 착하게 지냈니?'

라고 물으시는 할머니.

'못 지냈어' 라는 딸의 기운 빠진 대답.

'왜' 라고 묻는 어머님에게

'왜냐하면 유가 좋아하는 할머니가 없어서

착하게 지내지 못했어' 라며 귀여운 목소리로 대답합니다.

나는 웃음을 참으면서 그 자리를 떴지만

많이 불편했을 입원생활로 심신이 약해진 어머님은

대감격!

이후 건강을 다시 찾은 할머니는

손녀의 하인 노릇을 하고 있습니다.

연중무휴

– 도쿄도 미타카시, 주부, 요시다 케이코, 58세

서른 살을 앞두고 무사히 출산한 큰 딸.

업어지면 코 닿을 곳에 살고 있는 터라

저녁 시간이 되면 우리 집에 와서

반찬을 하나 둘씩 가져갑니다.

게다가 지금 우리 집은 연중무휴인 보육원 상태.

'하다못해 주 5일제로 해 줘' 라고 당부하는 나에게

'후후후 손자는 귀엽잖아요.

엄마는 매일 돌봐 줄 손자가 있어서 행복하겠다' 라며

모른 척 하는 딸.

누가 말했는지 모르지만 이말 정말 명언입니다.

'손자는 찾아오면 기쁘고, 돌아가면 더 기쁘다.'

모성본능

– 오오사카부 키시와다시, 주부, 수와바라 미도리, 39세

저녁 준비를 하려는데

싱크대 밑에 있어야 할 간장이 없다.

식용유와 식초도 없어졌다.

어디로 갔을까 생각하고 있는데

아이 방에서 '잘 자~' 라는 목소리가 들린다.

가보면 거기에는

아기용 이불 위에서 뒹구는 한 살 된 딸과

목욕수건을 걸친 여러 개의 병이….

딸아이는 토닥거리며 조미료를 달래고 있었다.

오랫동안 함께 목욕하기
아빠가 가장 행복해 보이니까

딸과 목욕

손을 흔드는 사람

– 오오사카시 히라노구, 관리영양사, 토키오카 나호코, 33세

'빠이빠이' 를 잘 할 수 있게 된 1년 5개월이 된 우리 딸.

개나 고양이를 보면 열심히 '빠이빠이' 를 한다.

귀여운 모습에 내 마음도 편해진다.

어느 날, TV를 보고 있는데 갑자기

기쁘게(?) '빠이빠이!' 를 하고 있다.

아마 귀여운 무엇인가가

TV에 나왔을 것이란 생각에 화면을 보니,

거기에는 김정일의 모습이….

과연 그도 손을 흔들고 있었지만.

여자의 눈물

- 미에현 이세시, 주부, 츠지 리에, 30세

설날 휴가가 끝난 아침,

출근 준비를 하고 있는 남편에게 착 달라붙는

우리 딸.

남편이

'다녀올게' 하고 말하자

눈가에 눈물이 그렁그렁….

남편이 쩔쩔매며

'빨리 돌아올 게' 하고 문을 닫은 순간,

딸아이는 언제 그랬냐는 듯 신나는 표정으로

TV 앞으로 뛰어간다.

아이쿠….

미용크림

– 오오사카시 히가시 요도가와구, 간호복지사, 노가카 츠즈루, 31세

큰 딸이 생후 10개월이 된 무렵, 포근한 날 오후,
함께 낮잠을 자는 더 없이 행복한 시간.
품속에서 자고 있던 딸이 왠지 꼼실거리고 있다.
신경 쓰지 않고 태평스럽게 잠을 자고 있는데
딸이 내 머리카락을 자꾸 쓰다듬고 있다.
무엇인가 끈적끈적하고 참 고약한 냄새도 난다.
실눈을 뜨고 살펴보니 아이는
기저귀에 싼 똥을 내 머리카락에 바르고 있었다.
'까~~~~~~악!' 여태까지 한 번도 낸 적이 없는 비명을
지르면서 딸을 안고 목욕탕으로 들어갔다.
샴푸로 거품투성이가 된 나를
불가사의한 표정으로 바라보며 목욕탕 바닥에 앉아 있는 딸.
그때의 천사 같은 미소는
아직까지 내 머릿속에 생생히 남아 있다.

딸의
가장 강력한 무기
미소

낮잠

– 후쿠시마현 코오리야마시, 주부, 타카기 아키코, 37세

우리 딸이 아직 두 살일 때,

낮잠을 자려고 누워 있어도 자고 있는 것은 나뿐.

그런 어느 날 잠에서 깼다.

딸은 혼자서 놀고 있고,

나에게는 여름용 이불이 덮여 있었다.

'어이구, 착한 것!' 하고 감동하면서도

내 낮잠의 습관은 계속 이어졌다.

며칠 후 매번 덮여 있던 여름용 이불 대신

수건이 덮여 있었으며,

그 며칠 후에는 내 어깨에서 휴지가 팔랑팔랑 떨어졌다.

'이제 적당히 하라' 는

딸의 말 없는 항의가 바로 전해온 순간이었다.

인간 안마기

– 치바현 마츠도시. 회사원, 요시카와 쇼우코, 42세

밤늦게 딸(여섯 살)이 잠든 후 집에 오면
탁자 위에 색종이에 쓰인 편지가 놓여 있다.
'엄마 감사합니다'
'엄마 사랑해요' 등 눈물이 나는 글들.
쉬는 날엔 일어나지 못하는 나에게
'할 수 없군~! 이것으로 일어나요?' 라고 말하면서
뜨거운 뽀뽀.
목욕탕에서는 등을 딸에게 돌리고 샴푸를 하고 있으면
'사랑해~' 라고 말하면서 등 뒤에서 안아준다.
피곤했을 때는 안마도 해준다.
정말 심리적으로도 인간 안마기다.

덕분에 우리 집은 남편뿐만 아니라 나까지도
완전히 딸의 하인이다.

호감을 갖는 기술

– 에히메현 니이하마시, 주부, 하도우 미즈호, 40세

세 살 된 우리 딸은 동네 아주머니들에게 인기가 많다.

그도 그럴 것이,

누가 봐도 아줌마로 보이는 여성들에게

'언니' 라고 예쁜 목소리로 부르기 때문이다.

지난번에 아줌마 세대인 여자 분이

'벌써 아줌마 나이가 되어 버렸단다' 하고 말하면

'아니에요, 언니예요~' 라고

큰 목소리로 부정하여

그 여자 분을 감격하게 만들었다.

세 살에 익힌 동성으로부터도 호감을 갖는 기술,

요령이 나쁜 나도 배워야 한다.

아니예요, 언니예요

글씨는 못 읽어도 분위기만큼은
누구보다도 빨리

딸이 남의 마음을 이해한 일

– 삿포로시 시라이시구, 회사원, 마쓰이 히데미쓰, 46세

내가 어렸을 때부터

좋아하던 가수의 콘서트 티켓을 구했다.

인터넷으로 자리를 확인하고 있는 데 딸들이 왔다.

30년 이상 이 가수의 팬이며

이번 콘서트가 마지막이 될 것이라고 알려주었다.

그날 밤 내 방 앞에

큰 딸(아홉 살)의 편지와 봉투가 있었다.

'티켓 살 돈으로 써 주세요' 라고 써 놓은 봉투에는

세뱃돈으로 모은 3만 원이 들어 있었다.

아홉 살 된 아이에게는 큰돈이다.
내 마음을 알아 준 것만이라도 기뻤다.

그러나 그 돈을 받을 수 없지 않은가?
편지는 보관하겠다고 딸에게 말했다.
그리고 며칠 후 내 잠자리에 또 편지와 봉투가 있었다.
'원래 아빠 돈이니 써 주세요' 란다.
딸을 껴안고 말했다.
돈으로 대신할 수 없는 '딸의 마음' 을 받았다고.

그 돈으로 꽃다발을 사갈 것이다.
그 공연이 평생 추억으로 남을 것이다.

인생은 트롯이다

오해

– 시마네현 하마다시, 주부, 오오오카 미치코, 66세

십이지 이야기를 하며 어린 딸에게
'너는 돼지띠고 엄마는 용띠' 라고 말했다.
그때부터 딸은 남 몰래 고민하고 있었던 것 같다.

'귀여운 친구 A양은 토끼띠일 거야.
내가 돼지띠라는 것을 아무에게도 말하지 말자.'
그리 생각했었단다.

초등학교 1, 2학년 때 담임선생님이
'우리 반 친구들은 대부분 돼지띠네.
쥐띠인 친구도 있고' 라고 말했을 때
그제야 자신이 착각한 것을 알아챘던 것.

딸은 십이지가
얼굴로 정해지는 것으로 알고 있었다고.

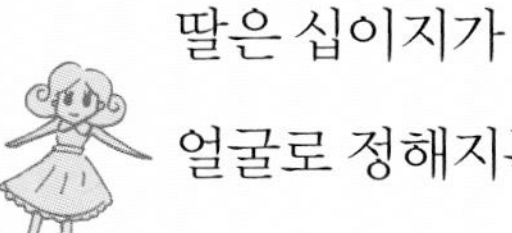

도마뱀

– 야마구치현 호우후시, 주부, 나카다 유미코, 42세

둘째 딸이 어렸을 때
담임선생님이 웃음을 참으면서 해준 말.

딸은 남자용 소변기에
도마뱀처럼 붙어서 일을 보려 했다.

집엔 좌변기뿐이었던 터라,
처음 본 남자용 소변기에서
사내아이들이 서서 일을 보는 것을 보고
그렇게 서서 하는 것이라고 생각한 것 같다.

그 모습을 상상하면 지금도 웃음이 나온다.

당신뿐

– 도쿄도 타이토구, 회사원, 아키야마 에리카, 44세

나는 출산 직후 바로 직장에 복귀하였기 때문에 우리 딸은 생후 2개월에 어린이집에 맡겨졌다. 다정한 선생들로부터 귀여움을 받으며 즐거운 유아원 생활을 보냈던 것 같다.
집으로 돌아왔을 때 '세상에서 가장 좋아하는 사람은 엄마~' 라고 응석부리는 딸의 몸짓에 완전히 빠진 나는 번번이 무너지기 일쑤였다. 뺨에 뜨거운 키스를 여러 번 해주기도 했다.
그러던 어느 날 유치원 선생님이 우리 집으로 놀러오셨을 때 왜 그런지 딸아이가 불편해 한다.
유치원 선생님 품에 안길 때는 나에게 미안해하는 모습도 보인다. 그런데 내가 자리를 뜨면 깔깔대며 웃고 있다.

그래, 본처와 첩 사이에 낀 남자 같은 심경이었을까? 달콤한 대사를 유아원 선생님에게도 속삭이고 있었군. 딸의 생존능력(?)이 기쁘기도 하고 서글프기도 하다.

입체에
약하다

그런 생각은

- 도쿄도 스기나미구, 회사원, 아베 아야코, 42세

우리 딸은 초등학교 4학년이다.

이혼한 후 내가 맡아서 기른 지 벌써 5년이 지났다.

착하고 믿음직한 것 같아도 아직 애기라고 생각했었다.

어느 날 밤 같이 목욕을 하고 있었다.

머리를 감고 있는 딸아이의 옆모습을 보면서

'점점 아빠와 닮아가네' 라고 무심코 말했는데,

그러자 딸은

'나와 같이 살고 있는 한 아빠를 잊을 수 없겠네요.'

아주 낮은 목소리로 말하며 나를 슬쩍 쳐다본다.

마치 '안 됐다' 고 말하는 것처럼.

'딸아! 오버하지 마라.'

모녀만의 생활이라 아양 떨 사람이 없어 그런지

최근 딸아이의 말투는 다소 무미건조하다.

그 말투가 재미있기도 하고 염려가 되기도 한다.

좋아하는 것

– 도쿄도 세타가야구, 주부, 토가와 사야, 29세

외동딸을 유명한 사립 유치원에 보내려고

학원을 다니게 했다.

입시가 가까워진 어느 날 모의면접 때

'아빠의 어떤 부분이 좋아요?'

면접을 보는 선생님이 묻자,

딸아이는

'네! 고추가 있는 것을 좋아합니다!'

우렁차게 대답하더란다.

엄마인 나는 바로 호출을 받아 엄한 주의를 받았다.

실제 상황이 아니어서 다행이었다.

본 시험에서는 무사히 합격하였다.

아빠의 출세

– 도쿄도 스기나미구, 회사원, 하세 히로유키, 41세

초등학교 3학년인 딸 코하루와
함께 목욕했었을 때의 일이다.
갑자기 이런 말을 했다.

'아빠는 출세할 가능성이 있어요?'
'넌 어떻게 생각하는데' 하며 역으로 물었다.
코하루는 '네' 라고 대답했다.

'출세하면 집에 돌아오는 것이

코하루가 잠든 후가 되고,

토요일, 일요일도 회사를 나가야 되는데

그래도 좋으니?' 라고 재차 물었다.

코하루는 '으음' 하며 한 5초 생각한 후

'그럼 됐어요!' 라며

아빠의 출세를 포기해 버렸다.

휴~ 정말 다행이다.

친구에게 전화가 왔다.
내일 우리 집에서 자지 않을래?
글쎄 어떻게 할까. 근데….
그렇게 하면 아빠가 외로워 할지도 모르니까 안 갈래.
감동의 … 도가니 ㅠ.ㅠ
실은 친구 집에서 자고 싶었던 거 아냐?
괜찮아요. 내일 같이 놀겠다고 약속 했어요.
다음날 친구로부터 바람 맞아 아빠에게 화풀이하는 딸
아빠랑 하루 종일 말도 하지 않을 거야.

언젠가 왕자님이

유도심문

– 대한민국 서울시, 사카이 노리코, 32세

술을 좋아하는 남편과 회사직원들.

필연적으로 귀가가 늦다.

한 달 내내 술을 먹을 때도 있다.

그러던 어느 날 언제나처럼 남편으로부터 전화가 왔다.

마침 손을 놓을 수 없어서 다섯 살 된 딸이 전화를 받으면

'아빠 늦게 들어와요?'

'몇 시에 들어와요?' 그런 후, '여자와 함께 있어요?'

아연해 하는 나를 바라보며

'이따 봐요' 라고 말하고 수화기를 내려놓는 딸.

뒤이어 바로 남편으로부터 전화가 온다.

또 전화를 받은 딸이

'엄마 바꿔 달래요' 라며 수화기를 건넨다.

내가 가르친 게 아니야.

당신 딸이 확실히 성장하고 있는 거지.

벌써

결혼 걱정을 하고 있는

우리 딸

의혹

– 아이치현 가스가이시, 주부, 무라이 유미코, 44세

어느 날 아침 남편이

'이 양복 좀 세탁소에 맡겨 줘' 라고 말한 후 출근했다.

주머니 속을 확인하니 5~6cm 정도의 금속조각이 있다.

내가 '이 게 뭘까?' 라고 말하자

당시 여덟 살 된 아들과 다섯 살 된 딸이 다가와

이것저것 생각하더니 '아마 열쇠' 라는 결론을 내렸다.

그날 밤 남편이 돌아온 후 딸이 성큼성큼 다가가더니

엄한 말투로 '아빠 여자 집에 갔었죠?' 라고 말했다.

'뭐?'

영문을 모르는 남편에게

'이게 뭐예요?' 라고 말하며 금속조각을 꺼내 보인다.

결혼한 지 십수 년, 여태까지 아이들 앞에서 그런 장면을 보인 적이 한 번도 없는데 어디서 그런 힐난하는 방법을 배웠을까? 그것도 여자의 본능이 아닐까 생각했다.

그 금속조각은 골프장의 잔디를 정리하는 것이란다.

직감

– 치바현 마쓰도시, 주부, 아사노 미키, 31세

세 살 된 딸아이는 아빠를 유난히 좋아하는 응석꾸러기다.

남편이 출장 때문에 집에 들어오지 않으면

'아빠는 내가 싫어진 거야,

그래서 돌아오지 않는 거야' 라며

아빠에게 징징 거리기에 이번 출장을 비밀로 했었다.

어느 날 아침, 웬일인지 남편이

'오늘 출장 때문에 못 들어와. 착하게 지내' 하고 말하자

'어디서 자요?' 라며 딸이 눈을 동그랗게 뜨고 묻는다.

남편은 '비즈니스호텔,

침대와 목욕탕과 일하는 책상밖에 없는 작은 방이란다.'

장황한 설명에 딸은 '그래요~ 여자군.'

나보다 놀란 남편은

'당신은 도대체 무슨 드라마를 보여준 거야!' 라고

나에게 화풀이를 한다.

무서운 세 살짜리 여자아이의 직감.

여자의 마음

– 아이치현 이나자와시, 주부, 마쓰도우 유리, 38세

여섯 살 된 딸 유카와 TV를 보고 있는데

욘사마가 나온다.

내가 그냥 '멋있다' 고 말하자,

'이 남자를 왜 좋아하는 거예요?' 라고 물어봐서

'멋있으니까 좋지' 라고 가볍게 대답했다.

그랬더니 옆에 있던 남편의 눈치를 보며

속삭이는 목소리로

'그 남자가 아빠(남편)였으면 좋겠어요?' 라고

진지한 표정으로 물어본다.

내가 답을 찾기는 뭐하고 '유카는 어때?' 라고 물으면

'매일 가슴이 설렐 것 같아' 란다.

여섯 살인데 벌써 여자가 다 되었네, 우리 딸 유키.

기어 다니기
시작했을 때부터
난 꽃미남 스타가 좋아

설렘

– 니이가타현 나가오카시, 도서관사서, 시오타니 노리코, 47세

어렸을 때부터 예민한 성격이었던 큰 딸,

초등학교 입학이 가까워지자

긴장했는지 진지한 표정으로

'설레서 가슴이 아파' 란다.

옆에서 그 애기 듣고 있던 막내 딸(당시 세 살)이

나른한 듯 손으로 턱을 괴면서 말했다.

'그건 사랑' 이 아냐?'

이제 고등학생과 중학생이 된 딸들,

그때 이미 '사랑' 의 의미를 알았을까?

네 살에 결혼한 딸

– 카나가와현 오다와라시, 사무직, 유미, 30세

유아원에 다니는 네 살 된 딸에게
벌써 결혼약속을 한 남자아이가 있다.
약속이라고 하기보다 이미 결혼한 것 같다.
뭔가 서약서 같은 것까지 썼단다.

매일 매일 남자친구 이야기만 하고 분홍색 옷만 입고
헤어스타일도 신경 쓰고 아침엔 나와 함께 화장도 한다.

딸이 태어났을 때 남자들에게 인기 많은
여자애가 되었으면 하고 소원을 빈 것은 나다.

하지만 딸아이가 결혼 적령기가 되었을 때
이 마음은 어떻게 바뀔까?

이런 게 기대와 불안이 섞인 어미 맘일까.

왈가닥 딸에 대한 소원

– 오오사카부 죠토구, 보육사, 오다 후미에, 40세

어지러운 현관의 구두들, 복도에 놓인 열린 가방,

사흘 전의 특활로 땀범벅이 된 셔츠,

뱀이 탈피한 것 같이 벗어 놓은 교복 치마,

몸매 걱정 않고 군것질 하고,

코미디 프로를 보며 입을 크게 벌리고

허벅지를 치며 웃는 중학생 딸.

남동생에게는

'누나의 과자를 먹으면 어떻게 될지 알고 있는 거지?'

라고 위협도 한다.

이렇게 왈가닥이지만 눈이 예쁜 우리 딸에게도

마음씨 좋은 남자친구가 생기기를 가족들은 기도한다.

하긴 지금 이글을 쓰면서도 겁을 먹고 있는

소심한 엄마다.

아아, 걱정은 심장에 안 좋다.

얘야,
사실 백마 탄
왕자님은 없단다.

열애

카와사키시 타카쓰구, 치과 위생사, 아베 후미에, 38세

네 살 된 딸아이가 발렌타인데이에

좋아하는 남자친구에게 초콜릿을 전해 준 후

그에게 물었다.

딸 : 아유 군 초콜릿 받고 좋아?

그 : 응.

딸 : 아유 군을 사랑해서 준 거야. 아유 군도 나를 사랑해?

그 : 응….

딸 : 응이 아니라 사랑한다면 '사랑해' 라고 말해 줘!

그 : … 사랑해.

딸은 그에게 종이와 연필을 건네며
'그럼, 사랑해' 라고 써 줘.

'사야카 사랑해' (하트 모양까지 강요당했던 모양이다)
라고 써진 글씨가 있는 종이는
지금도 딸의 보물상자 안에 있다.

발렌타인데이

발렌타인데이 전날은 어느 여자 아이 집에서나 초콜릿을 만드느라 난리법석…
그 애와, 저 애와, 그리고 또 한 명
'자 이것 받어, 초콜릿….'
오늘은 발렌타인데이. 체면치레로 주는 것은 누워서 떡먹기.
중요한 것은
진짜 좋아하는 남자에게 주는 일

아무래도
자연스럽게….
그래도 마음이 설레니까
친한 친구인
유미와
함께 가자.
그리고 오늘은 특별히 멋을 내고,
그 애가 놀고 있는
곳에서
자연스럽게.
……
발렌타인데이 당일,
학교 근처 공원 저멀리,
진흙 범벅이 된 남자들을 멀리 포위하고있는
멋을 낸 많은 여자 아이들이 있다.
모두 멋진
사랑을 해요
발렌타인데이
끝

이것이 내가 사는 길

발 기술

– 사아타마현 코우노수시, 주부, 타시로 미키, 34세

네 살 된 둘째 딸은 응석을 아주 잘 부린다.

식사 때 옆에 앉아 있는

아빠 혹은 할아버지 무릎 위에는 반드시

아이의 한쪽 다리가 놓인다.

항상 밀착 상태로 자연스럽게 식사를 하면서

틈만 있으면 신속히 무릎 위에 앉아 버린다.

이 일련의 작업은 훌륭하다.

물론 내 무릎 위에도 앉지만

여자끼리 이 기술이 무슨 효과가 있겠는가?

난 지체 없이 밀어낸다.

오늘도

가정내 노래주점 성업중

어른이 되면
아빠랑 결혼할래 ♥

거물급 여배우의 변덕

– 시즈오카현 하마마츠시, 회사원, 카와카미 카즈오, 34세

우리 딸의 칠오삼♥ 때 이야기다.

세 살 때는 옷을 입히는 것까지는 좋았는데

무엇이 마음에 안 들었는지 신었던 죠우리♥를 던지고,

버선을 던지고 난동을 피웠다.

결국은 맨발로 사진을 찍었다.

인화된 사진에는

막 벗은 죠우리와 버선이 나란히 정돈되어 찍혀 있다.

일곱 살 때는 게이샤 풍으로 머리장식을 해주었는데

거울에 비친 자신의 모습이 싫은 것인지

장식한 머리카락을 엉망으로 만들면서 난동을 부렸다.

기념 촬영은 결국 직전에 취소했다.

거물급 여배우의 품격 or 변덕?

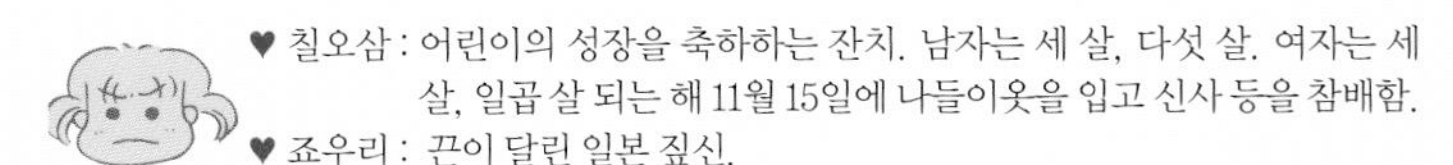

♥ 칠오삼 : 어린이의 성장을 축하하는 잔치. 남자는 세 살, 다섯 살, 여자는 세 살, 일곱 살 되는 해 11월 15일에 나들이옷을 입고 신사 등을 참배함.

♥ 죠우리 : 끈이 달린 일본 짚신.

남의 손

– 나라현 이코마시, 자영업, 우메다 켄지, 34세

1년 7개월 된 나의 사랑스러운 딸은

모르거나 낯선 것은

절대로 자기 손으로 만지려고 하지 않는다.

꼭 내 손을 잡아끌고 만지게 한다.

그리고 안전을 확인하지 않는 한

절대로 손을 대지 않는다.

앞으로도 그런 식으로

아빠를 이용하듯

남자를 이용하는 여자로 성장하길 바란다.

개조

– 와카야마현 하시모토시, 사무원, 스즈키 유리, 38세

'꽃향기가 나는 아빠를 사랑해' 라며
아빠와 같이 목욕할 때
꽃향기가 나는 목욕제를 요구하는 다섯 살 된 딸.

공주님 마음을 잡기 위해
목욕제를 꼭 사용하는 남편.
'담배냄새 나는 아빠는 싫어' 라는 말을 듣고
담배도 끊어버렸다.

딸에 의해 개조된 아빠는
오늘도 출근길의 전철 안에서
꽃향기를 풍기고 있을 거다.

싫어하는 초밥을
도시락으로 싸주었더니
하루 종일 삐쳐 있었던
우리 딸

결과주의

– 코베시, 회사원, 와타나베 케이코, 43세

아홉 살이 된 딸이 아빠에게

좋아하는 만화책을 사다줄 것을 부탁했었다.

그러나 바쁜 남편은 매번 잊고 사오지 않았다.

그러던 어느 날 아침,

딸 : 아빠 오늘은 꼭 사오세요.

남편 : 알았다. 노력해 볼게.

딸 : 아빠 '노력' 이 아니라 '사온다' 죠!

남편 : 우욱…. 아빠가 회사에서 부하에게 하는 말을 하진 마!

이 꼼꼼한 성격은 누구와 닮았을까?

아직 이르다

– 도쿄도 하치오우지시, 쓰치야 마나미, 39세

둘째 딸은 갓난쟁이 때부터 비교적 멋을 내는 아이였다.

그리고 부모로부터 도망치듯

혼자서 멋대로 나가버리는 버릇도 있었다.

어느 날 오후,

기저귀를 언제부터 채우지 말까 고민하게 하던

둘째의 모습이 어디에도 보이질 않았다.

난 얼굴이 창백해져서 딸을 찾아다녔다.

딸아이를 드디어 찾았을 땐,

아파트 앞길에 내 브래지어를 입고(아니 끌고)

혼자 공원으로 향하는 딸의 모습을 발견할 수 있었다.

온몸의 피가 다 빠져나가버린 듯한 오후였다.

오늘부터 내가

– 효고현 타이고읍, 주부, 야마구치 히로코, 38세

남편은 일 때문에 세 살 된 딸의
유아원 입학식에 참석을 못하고 나만 갔다.
입학식을 마친 후 주차장으로 갔더니
내가 운전해 온 차의 운전석에 앉아있던 딸아이가
핸들을 꽉 잡고 말했다.

'오늘부터 유아원생이 되었으니까 유키가 운전할래.
엄마는 애기용 의자에 앉아요.
참, 어디를 누르면 움직이는 거야!'

설득하느라 걸린 시간은 15분.
'운전하는 비밀의 주문이 필요하다' 는 설명으로
포기시킬 수 있었다.

초딩 아찌

– 효고현 아시야시, 알바이트, 니시다 이쿠요, 38세

피부가 하얗고 눈썹이 2cm나 되고 발레를 하는

초등학교 1학년인 우리 딸, 집에서는 '아찌' 라고 불린다.

그리 부르면 저도 대답을 한다.

목욕 후에는 팬티 하나만 입고 돌아다니고,

아빠나 엄마 혹은 키우고 있는 토끼를 향해 방구를 뀐다.

재채기는 '애~취~이~잉' 으로 여음을 남기고

식후에는 만족하다는 표시로 끄르륵거린다.

대부분의 일들은 손을 쓰지 않고 발로 해결한다.

좋아하는 음식은 술안주가 되는 것들이다.

남편의 맥주를 몰래 마시기도 한다.

말투도 '뭐 하는 거야! 이 새꺄!' 다.

우리 집에서 유일한 아저씨인 남편도

딸 앞에서는 얌전해 보인다.

밖에서는 그런 모습을 전혀 보여주지 않는 딸,

'동네 아찌' 를 잘 연기하고 있다.

귀여운 동생

– 시즈오카시 아오이구, 주부, 나카다 타마미

딸의 친구들이 놀러 왔었을 때

그 애의 두 살 아래인 여동생(초등학교2학년)도

따라 왔다.

모두 함께 게임을 시작하자 그 아이는

'나를 귀엽다고 생각하는 사람 손 들어보세요.'

'나를 귀엽다고 생각하면 게임을 져 줘요!' 하는 것이다.

언니들은 이 소리에 모두 쓰러진다.

언니들이 게임에서 봐 주지 않을 것 같으면

'져 줘도 좋잖아요!' 라며 소란을 피우기도 한다.

나이가 어린 것을 잘 어필하여

언니들의 장난감과 과자도 자기 것으로 만들었다.

언니는 얌전한 아이인데 언제나 이 여동생에 당한다나.

휴지는 내 생명

- 군마현 미도리시, 주부, 오오시마 하루에, 45세

우리 딸은 휴지광이다.

얼굴에 묻은 밥알 하나, 녹차 한 방울, 잼 한 줄 등을

일일이 휴지를 꺼내서 닦는다.

게다가 오빠(여섯 살) 얼굴에 묻은 것도

같은 식으로 닦아 준다.

인형에게는 휴지로 만든 드레스와

휴지를 두껍게 깐 침대를 만들어 준다.

자신은 내가 아끼는 크림을 양껏 꺼내서

얼굴에 바르곤 휴지로 닦아낸다.

아! 내 5만 원짜리….

물론 버리는 장면을 보면 용서해 주지 않는다.

하루에 두 박스 썼을 때는 물론 할머니로부터 혼났었지만.

구겨진 휴지를 다시 사용하는 엄마의 고생도 좀 알아 줘라.

미국이 얼마나 잘 났다고?

– 미국 인디아나주, 주부, 아다치 유키에, 42세

미국에 온지 6개월.

초등학교 1학년인 딸이 집에 오자마자 하는 말은

'미국인은 바보야' 다.

수업 중에 가만히 앉아 있지 못하는 등

일본보다 얌전하지 않은 아이들이 많은 것을 보아서다.

그러나 대개의 주변 사람들은

영어를 잘못하는 일본인에게 친절하게 대해준다.

딸의 말에는 미국인에 대한 경쟁의식도 엿보인다.

결국은 '나는 모든 것에 1등이 되겠다!' 며

미국에서 톱으로 서는 것을 선언한 것은 물론

초등학교 5학년인 아들에게

'오빠도 그래야 돼' 라고 위협성 격려를 한다.

얌전한 아들아, 딸의 근성 좀 배워라.

어머니 모임에서 아들의 영재원 탈락이 화재가 됐다.
우리 애도 떨어졌어.
우리는 입학식 전에 일부로 떨어졌지.
우리는 삼형제 모두
아하하
영재가 아닌 것으로 판명됐지.
저도 끼워 주시겠어요?
우리 아이는 초등학교 5학년인데 매년 떨어지곤 해요.
어머! 그건 대단한 명청이다. 명청한 아들이랑…
우리 아이는 여자 아이예요.
아니!
이건 좀 심한데요
흑 흑
뭐 건강한 게 최고죠.
라고 할 수는 없겠지만.

적성

– 시즈오카현 하마마쓰시, 주부, 오오이시 요사코, 50세

아기일 때 매일 분유 두 병을 먹었다.

그리고도 '더 줘!' 란다.

걱정이 돼 소아과 진찰을 받았다.

네 살 때, 근처 생선가게의 강아지 밥을 훔쳐 먹었다.

참치를 구운 것이었다.

왜냐면 개가 '먹어도 된다' 고 말했단다.

바나나와 귤은 두 입이면 다 먹었다.

입에서 넘칠 것 같으면 손으로 막았다.

초등학교 통학로에 핀 꽃의 맛도 다 알고 있었다.

'이 꽃은 수박 맛이 나요.'

물건의 크기를 입으로 재는 아이였다.

'이 토마토는 한입으로 먹을 수 있는데

이쪽은 한입에 안 들어가요.'

이러던 딸이 스물여섯 살에 영양사가 되었다.

벗고 싶어한다

- 후쿠오카현 무나카타시, 미나카미 히로유키, 36세

우리 딸은 나체족이다.

근처에 있는 공원에 오자마자 바지를 벗어젖힌다.

주변 사람들로부터 '아이가 건강해 보이는군요' 라는

말을 듣기 무섭게 기저귀 하나만 입은 딸아이는

공원 이곳저곳을 헤집고 다닌다.

왠지 아이의 장래가 불안해지기도 했다.

그러던 딸도 기저귀를 끊고 팬티우먼으로 변신했다.

그 후 밖에서는 바지를 안 벗었지만

집에서는 여지없이 팬티만 입고 돌아다닌다.

퇴근 후 귀가했을 때 아빠를 반기며

마중 나오는 것은 고마운데 팬티차림은 멋하구나.

아빠는 네 장래가 걱정된단다.

최근 딸아이가 '아빠 힘드니까 일 좀 쉬세요' 라고 말해

나의 눈물을 짜기도.

물론 팬티만 입은 모습으로….

이것이 마지막 수단

– 효고현 카토우시, 사무직, 레이코, 41세

세 살 때의 둘째 딸 미이.

일 때문에 늦게 돌아온 남편이

식사를 하고 있는 곳에 나타나서

'무릎에 앉을래' 하고 요구했지만

'나중에 하자' 며 가볍게 거부당했다.

그 순간,

'미이는 엄마의 보물'

'미이는 천사'

'미이는 세상에서 가장 귀여워'

등 평상시 내게서 들었던 말들을 늘어놓기 시작했다.
어떻게 하든 무릎 위에 앉으려는 절박함이었을까.
그 기특한 모습에 어찌 감동받지 않을 엄마가 있을까?
내가 감동 먹은 그 순간
'미이는 아빠만 좋아. 이제 엄마는 필요 없어!' 라고
교태를 부리며 결국 남편의 무릎을 확보했다.

원하는 것을 손에 넣기 위해 취하는 애교는
여자의 본성이었나?

핑계

여기 그렇게 쓰여 있어

– 이바라기현 우시쿠시, 주부, 타카하시 토미에, 34세

네 살인 딸이 과자를 먹으려고 했었을 때의 일이다.

맛있게 먹는 모습을 본 할머니가

'할아버지에게도 하나 주지' 라고 말하면

딸은 과자 상자를 가만히 응시하며 한 마디 한다.

'그런데,

여기에 할아버지에게 주면 안 된다고 쓰여 있어요!'

하리가나 밖에 읽지 못하는 손녀의 기막힌 핑계다.

그 영화의 공포는
중간 맛,
재미는 참치 뱃살 정도일걸

먹보이며 요리를 좋아하는 딸의 영화평

너무 기뻐서 울음

– 사이타마현 후지미노시, 회사원, 카와이 마키, 33세

한 살이 된 무렵부터 감기에 걸리면

바로 중이염이 걸리는 우리 딸.

네 살이 된 지금도 이비인후과를 다니고 있다.

매번 겁을 먹고 울기 때문에

'울지 않으면 사탕을 두 개 준다' 고 약속했다.

그런데도 더 크게 울었으며, 난동을 피우고, 대 절규!

물론 사탕을 주지 않았다.

집에 돌아와 내 표정을 살핀 후 이렇게 말했다.

'저기 엄마. 미우가 오늘 병원에서 운 것은

무서워서 운 게 아니라 〈기뻐요, 즐거워요〉로 운 거예요.

그러니 사탕을 주세요.'

네 살 바기 머리로 그 정도까지 생각했다며

나도 모르게 박수!

그러나 사탕은 끝내 주지 않았다.

최선의 노력

– 요코하마시 니시구, 파트타이머, 오리나카 요시미, 41세

다섯 살 된 우리 딸이 신데렐라 놀이를 하고 있었다.

동물들이 신데렐라의 드레스를 만드는 장면인 것 같다.

딸의 단벌옷인 드레스 옆에 토끼와 다람쥐를 배치한다.

그런데 작은 새가 없다.

'참새를 잡아야 해' 라고 말하고

베란다에 나가 먹이인 빵을 뿌리고

자루로 함정을 만든다.

어디 너에게 잡힐 참새가 있을쏘냐?

얼마 후 포기한 것 같은 딸아이는

작은 새 역으로 오리인형을 가져다 놓았다.

두 가지 얼굴

– 키타큐슈시 코쿠라키타구, 주부, 욧치, 33세

우리 딸이 네 살 때쯤

왜 그런지

자신을 '뽀뽀' 라고 부르고 있었다.

애교를 부리며 응석 부리는 목소리로

남편에게 '아빠 뽀뽀' 라며 여러 가지 부탁을 한다.

어느 날 내가 '그런데 왜 뽀뽀야?' 라고 물으면

아주 냉정한 태도로 '엄마는 몰라도 돼' 란다.

그리고 아무렇지도 않는 표정으로

응석 부리는 목소리로 남편에게 말을 걸고 있었다.

아빠가 좋아하는 미유가 울고 있어요.
어떻게 해 줄 거예요?

여보, 거기서
타협하면 안 돼!

아빠가 어떻게
해주면 좋겠니?

그것은 좀

– 도쿄도 세타카야구, 회사원, 테즈카 카오리, 36세

세 자매 중에서 가장 왈가닥인 여섯 살 난 우리 둘째 딸.

하는 일들이 상식과 꽤 어긋나기 때문에

유치원에서 전화 오는 일이 일상화되어 있었다.

어느 날 또 유치원으로부터 전화가 왔다.

'저~ 이번엔 세탁기를 고장 냈는데….'

이야기를 들어보니 세탁기에 진흙을 넣고

그대로 스위치를 켰다는 것이다.

당연히 고장 났겠지.

당사자에게 이유를 물어보면

'진흙이 더러워서 세탁기로 깨끗이 빨려고' 했단다.

으음, 과연 맞는 일인 것 같기도 한데….

피난

– 나라현 카시바시, 주부, 히라이 유키에, 38세

우리 딸이 두 살일 때 내가 혼 좀 냈는데

그대로 행방불명됐다.

당황해서 찾아보면

근처에 사는 친구가 자기 집에 와 있단다.

친구는 초인종이 울려서 문을 열어주었더니

'엉엉' 울며 '엄마에게 혼났다' 고 말했단다.

친구가 '일단 안으로 들어와라' 하면

냉큼 집으로 들어와 울음을 멈추곤

'호빵맨 비디오 봐도 돼요?' 했단다.

그리곤 상큼상큼 비디오 앞에 가서 앉았다고.

잠시 후에 내가 데리러 갔을 때는

과자와 주스를 마시며 편히 쉬고 있었다.

이렇게 맛을 들인 딸은 다음 날도 가출을 결행했다.

친구집 초인종이 울리기 직전에 발견하고

'이제 가출하면 안 돼!' 라고 혼내주었다.

친환경주의자

– 오오사카시 죠우토우구, 회사임원, 쿠사노 쿠미 39세

네 살이 된 우리 딸은 지금 친환경주의자다.

지난번에 할아버지가 두 번 연속으로 휴지를 꺼내서

코를 문지르는 것을 목격했다.

'저기 할아버지 아깝잖아요!

휴지는 무엇으로 만드는지 아시나요? 나무에요, 나무.

나무를 많이 벌목하면 숲이 없어져요.

휴지는 한 장씩 쓰세요!'

'그래? 몰랐구나' 라고 얼버무리는 할아버지.

그러나 며칠 후 이번에 자기가 방심해서

치약을 많이 짜 버렸다.

'아아 아깝다 왕가리 마타이♥ 선생님께는

말하지 말아야지.'

할아버지에게 엄하고 자신에는 싱거웠다.

♥ 왕가리 마타이Wangari Muta Maathai는 못따이나이(もったいない : 우리말로 하면 '포기하기엔 아까워' 정도의 뜻이 된다) 운동을 전개하고 있는 케냐의 환경운동가이며, 2004년 노벨평화상 수상자이다.

할머니 위패 앞에
통조림을 올리는 우리 딸

이거면 상하지 않고
오랫동안 드실 수 있을 거야

네 뒤에 할머니가 보이는구나.

느림보

– 사아타마시 키타구, 사무직, 시가 노리코, 40세

네 살 된 우리 딸은 무엇이든 느리고 자기 스타일대로 한다.

매일 내가

'서둘러' '빨리 빨리' 하는 식으로 소리를 치곤 한다.

오늘도 유치원에 가는 길에

'내일은 좀 더 빨리 해라' 하고 가르치면

'저기, 리에도 서두르려고 하는데 느림보가 와서

"천천히 해" 하고

마법을 걸어서 (오른 손을 올리고 회회 돌려본다)

빨리 할 수 없단 말이에요' 라고 대답한다.

'곤란하네, 다음에 느림보에게

오지 말라고 부탁해 볼까?' 라고 내가 말하면

'느림보는 눈에 안보여요.

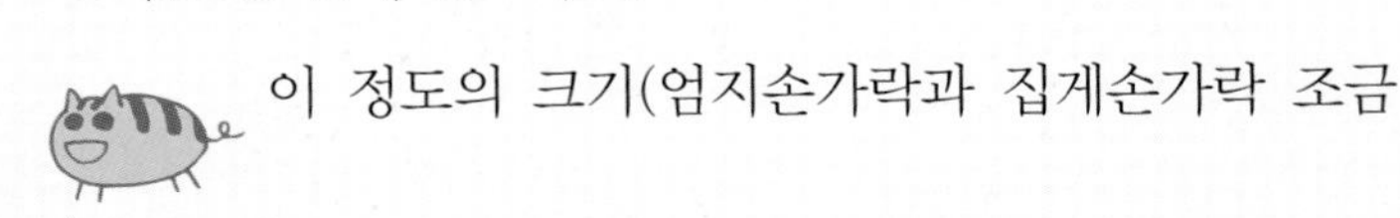

이 정도의 크기(엄지손가락과 집게손가락 조금

벌려 본다)고요,

느림보 나라에 있어요.

거기 말고 어디에도 없어요.

집에도 유치원에도 디즈니랜드에도 없어요.

느림보사(느림보를 다룰 수 있는 사람이란다)는요

이 정도밖에 (집게손가락과 가운뎃손가락을 세운다)

없으니까요.

그런데 느림보사가 조금은 있다는 거죠.' 라며

천천히 느림보에 대한 설명을 한다.

그리곤

'리에는 느림보에 대해서 아무것이나 알고 있으니까

물어봐요' 라고 여봐란듯이 이야기를 마무리했다.

남자답게

나도 같이 껴줘
후다닥~
같이 놀자~
슈~~~ 웅
저기 아이스크림 당첨권 몇개 있니?
포켓몬 카드와 바꾸자.
나는 이 흙은 먹을 수 있어.
진흙범벅
깔깔깔

귀여운 딸에겐 귀여운 옷. 언젠가는 여자답게 클 테니. 설마 이대로 선머슴처럼 계속 가지는 않겠지요?
아니 그렇다고 포기할 수 없어요.
아~, 분홍색이란. 흙이 안 빠질 텐데.
저 여자애의 부모는 이젠 포기하고 딸에게 좀 촌스러운 운동복을 입혀야 할걸
시끌벅적
그런데 우리 애는 그대로 자랐답니다.
네, 그럼요.
'다녀왔습니다. 엄마 배고파요' 라고 말해.
배고파 밥~줘
엄~마
여자애인데 짧은 스포츠머리에 하루 종일 촌스러운 육상부 운동복을 입은 우리 딸은

그런 딸에게도
남자친구가 있다.
같은 육상부의 남자애.
녀석 여자 보는
눈이 있구만,
우리 딸은 성격이
아주 좋거든.
사이 좋게
커플룩을 입은
우리 딸,
촌스런 학교
운동복에도
마냥 행복해
한다.
어느 날
데이트를
하고
돌아
오는 길
너
아니면
들어줄
수 없는
일이
있어.
들어
줄래
?
3반의 사키를
좋아하는데
좀 전해
줄 수 있어?
녀석에게
우리 딸은
그저 친한
남자친구
였다.

자포자기 심정으로 식탐 발동
우걱 우걱
꾸역 꾸역
네 잘못이다.
욱
엄마 마저 왜 그래!
여자인지 알 수 없는 네 옷차림이 잘못이야.
남자들이 멍청해서 구별할 수가 없잖니.
엄마 너무해!
밥 더 줘
저~ 기, 구~
…
'구몬식으로 해결해 줄 수 없을까요?
고양이식 변덕의 반복 연습 같은 딸 키우기.
무책임
깔깔~ 그러게요.

비밀의 화원

여자투성이

– 니시도쿄시, 회사원, 쓰키사와 레이, 41세

우리 집은 모녀 가정이다.

어느 날 다섯 살 난 딸아이와의 대화.

아이 : 우리 집은 엄마, 할머니, 나 모두 여자네요.

나 : 그러네.

아이 : 미이(고양이)도 암컷.

나 : 그러네.

아이 : 남자가 없으면…. (한숨)

나 : 무슨 말을 하려는 거야?

아이 : 조용해서 좋아요.

맞는 말이었다.

모르는 것은 남자들뿐

– 사이타마현 카와구치시, 파트타이머, 뽀꼬뽕, 42세

초등학교 3학년인 딸이 요즘 남자친구의 이야기를 하지 않는다. 남편이 걱정되어서 '○○군은 어떻게 지내?' 라고 물어봤더니 딸은 '휴~' 하고 길게 한숨을 쉬더니
'따로 친한 여자가 있는 것 같아요.
같이 줄넘기를 하는 것 같아요' 란다.
안절부절못하던 남편은 내게로 와서
'××양이 그렇게 예뻐?' 라고 묻는다.
그러나 실상은 이렇다. 우리 딸은 나에게 '저런 남자애는 이제 필요 없어요. 여자애들이랑 노느라 바쁜 남자애를 더 이상 좋아하지 않을 거예요' 라고 귀띔했었다.
사정은 모르는 남편은 불쌍한(?) 딸이 기죽지 말라며
아이가 좋아하는 캐릭터 상품을 사와서 선물했다.
상품 판매가 시작된 날에 맞춘 딸의 계략에
완전히 속은 아빠가 된 것이다.

일곱 살에게 마흔 살은?

– 사이타마현 마쓰부시읍, 자영업, 카와시로 요코, 41세

나이를 속이고 있던 나에게 일곱 살 된 딸이

'저기 엄마는 몇 살이에요?

지난번에는 서른두 살, 어제도 서른두 살이었어요.

진짜 나이는요?' 하며 딸아이가 묻는다.

언제까지나 속일 순 없다는 생각에

'솔직히 엄마는 마흔 살' 이라고 말한 순간,

딸은 눈물을 줄줄 흘리기 시작했다.

'엄마, 그렇게 나이가 많아요?

곧 죽는 거예요?

마흔 살은 죽는 나이래요' 란다.

벙벙한 기분에 말문이 막혀있던 나에게

'엄마, 그래서 말 못했군요.

미안해요. 잊어 줄게요' 란다.

여러 의미로 충격이었다.

헤엄치는 연습을 하던 중
손을 놓으려는 순간

엄마와 이제 안 놀아 줄 거야!

남자는 여자하기 나름

– 에히메현 니이하마시, 자영업, 나카야마 미즈에, 32세

네 살 된 우리 딸은 남편에게 명령하듯이 말한다.

딸이 '아빠 같이 놀자!' 하면 남편은

'네, 그런데 뽀뽀는?' 하는 식으로

공주의 안색을 엿보면서 뽀뽀를 원한다.

'나~중~에' 하며 은근한 미소로 피하고

뽀뽀도 쉽게 해 주지 않는 딸,

요즘은 두 명의 오빠까지 동생의 심기를 살핀다.

때문에 딸을 혼낼 수 있는 사람은 나뿐이다.

어느 날 내가 '바로 앉아서 먹어' 하고 혼내면 딸은

불끈 화가 나서 옆에 앉아 있는 남편을 때리며

화풀이를 한다.

맞아도 상대해 주는 것을 좋아하는 남편,

그것을 생글생글 보는 오빠들.

냉정해져라 남자들이여!

뽀뽀의 힘

후쿠오카현 나카마시, 주부, 미카엄마, 34세

1년 5개월 된 딸을 언제나처럼 곁에 누워 재우고 있었다.
딸은 그날따라 이불 속에서 까불대며
잠을 자려 하지 않았다.
남아 있는 집안일도 있고 해서 무심코
'빨리 자!' 라고 짜증 섞인 고함을 질렀다.
그랬더니 딸은 이불에서 나와 내 위에 올라타곤
내 귀에 여러 번 뽀뽀를 하는 것이다.
딸아이의 이 기습 뽀뽀에 나는 완전히 무너졌다.

'어쩔 수 없군. 집안일은 내일 하자.'

그런데 언제 이런 기술을 배웠을까?
우리 딸의 진정한 힘을 알게 되었다.

나올 수 없잖아

– 카나가와현 야마토시, 주부, 우네엄마, 45세

유치원을 다닐 때 우리 딸도 예외 없이
'아기는 어떻게 태어나요?' 라는 질문을 했다.

황새로 설명하는 것이 귀찮아서 같이 목욕할 때
비밀의 장소(?)를 가리키며
'여기서 자연스럽게 나온단다' 하고 가르쳐주었다.
이 말은 들은 딸아이가 잠시 생각하는가 싶더니
'… 나올 수 없잖아' 란다.

그 후 '나올 수 없잖아' 는
내 안에서 유행어가 되었다.

가슴을 크게 만들어 달라고
기도하고 있는 딸

펄럭펄럭

– 아오모리현 토와다시, 주부, 코야마 사토코, 41세

우리 딸의 유아원 시절, 마중하러 갔을 때
선생님이 들려준 이야기다.

‘오늘 말이에요.
개구리를 잡아서 함께 놀고 있었는데
준코가 〈옷을 벗긴다〉며 입에서부터
껍질을 벗기기 시작했었어요.’

나는 왠지 엉덩이에 이상한 느낌이 들었다.

엄마가 훌륭한 사람이 되어서 여자는 물리를 배우지 않아도 된다는 법률을 만들어 줄게.
그렇지만 지금은…

여자끼리

– 카나가와현 사가마하라시, 주부, 히로리 나오미, 53세

성질을 부리는 여섯 살 된 우리 딸에게
'너는 진짜 내 딸이 아니다' 라고 말한 적이 있었다.
그런데 딸은 아무렇지도 않아 한다.

옆에 있던 네 살 된 아들이
'왜 누나는 엄마 딸이 아닌 거예요?' 라며
복잡한 표정을 지어서
나는 그만 '그래, 다리 밑에서 울고 있는 아기를 봐서
불쌍해 보여서 데리고 온 거야.'
아들은 '그랬었구나' 하고 진지하게 받아들이고 있었다.

좀 말이 지나쳤나?
마음속으로 '미안하다' 고 사과하는데
딸은 아들에게 이렇게 말했다.

'속지 마. 엄마가 남의 집 아이를
참으면서까지 키울 일이 없잖니?
진짜 딸이라 키워 주는 거야.'

내 성격을 잘 파악하고 있다.
역시나 여자끼리 통한다.

오늘은 초코 바나나 대회.
많은 여자애들이 한마디도 안하고
바나나에 오직 초코를 묻히고
하~
생크림이다
나는 너츠가
얼마든지 들어 와요.
너무 행복해.
방 전체에 행복한 향기.
몇 시간이든 황홀해.
옛날 과수원에서 본 익은 복숭아 속에서 잠자던 애벌레 같다.

악녀

화가난 공주

– 토치기현 사쿠라시, 회사원, 크라무뽕, 45세

우리 딸이 여섯 살 생일잔치 때

초대한 친구들은 남자애 세 명뿐이었다.

생일선물을 받은 딸은 아주 좋아했다.

좀 늦게 네 번째 남자친구인 M군이 왔다.

'선물은?' 하고 묻는 딸에게 건네 준 것은

안에 있는 것은 이미 먹어 버린 귀여운 캐릭터의 빈 용기.

화가 난 딸은 '가!' 하고 소리치며

불쌍한 M군을 돌려보냈다.

잠시 후 울고 있는 M군과

'보기 좋은' 선물을 든 M군의 어머니가 함께 왔다.

'아까는 실례했습니다.

우리 애도 생일파티에 끼워 주시겠습니까?'

정말로 면목이 서질 않는다.

딸이여, 너의 공주병도 대단하구나.

아무튼 욕심이 많아서

샤넬의 여자

– 니이가타시, 주부, 요시, 37세

조카가 유치원생일 때 친척의 결혼식에서 만났다.

외동딸인 조카는 화장품 브랜드에 대한 기준이 까다롭다.

역시나 내 얼굴을 보고

'이모 립스틱은 어느 회사 것' 이냐고 물었다.

'엘리자베스 아댄이라는 회사 거예요' 라고 말해주었더니

조카 왈 '저는 샤넬이 더욱 좋다고 생각해요' 란다.

내가 스스로 번 돈으로 산 물건인데

유치원생으로부터 놀림감이 되고 말았다.

몇 년 후 집안일 때문에 다시 만났을 때는 이런 말을 했었다.

'제가 좋아하는 남자애는 A양을 좋아해요.

A양은 집이 가난해서 이상한 옷을 입는데.'

초등학생인 내 조카는 이미 멜로드라마의 악역 같은

여자가 되어있었다.

처세

– 쿠마모토현 나가스읍, 주부, 벤쟈민, 36세

막내딸 아유미의 다섯 살 때 이야기다.

할아버지 곁에 자기가 좋아하는 과자가 있으면, 바로

'할아버지 사랑해요' 라고 말하면서

무릎 위에 앉아 간식 시간을 갖는다.

물론 할아버지는 손녀에게 푹 빠져 계신다.

남편이 돌아오면

'아빠 다녀오셨어요. 같이 목욕해요' 라며

목욕을 끝난 후 옆에서 맥주 안주를 얻어먹는다.

잠자기 전에는 '엄마가 좋아' (약간 눈물겹게)라며

상대를 네게로 바꿔 같이 잘 것을 요구한다.

처세술에 탁월한 막내딸, 장난감을 치울 때가 되면

'아유미가 한 짓이 아냐' 라고 울면서 도망.

항상 오빠와 언니가 혼을 난다.

참 장하다!

돈 냄새

– 도쿄도 코다이라시, 회사원, 야자와 미나, 41세

네 살이 된 우리 딸은 할아버지를 잘 유혹한다.

그것도 가장 돈이 많아 보이는 할아버지를

순간적으로 구별하고 바로 무릎 위에 앉아 버린다.

친구 남편의 집이 자산가인데 그 집에서 묵었을 때.

친구네 집에도 딸(그 집의 손녀)이 있는데

그 할아버지(자산가 본인)에게 둘러붙고

어느새 둘이서 산책하고 저녁 식사 때는

두 명의 손녀를 제쳐놓고

할아버지의 무릎에 약삭빠르게 앉아서 즐거워한다.

집에 돌아온 후 그녀가 말한 것은

'××들보다 내가 훨씬 예쁘데요.

왜 모두 내가 더 예쁘다고 하는 거지?'

할아버지는 손녀딸의 부속품

완전히 바보가 되어 있다.

아들에게 보여 준

그 엄격한 표정은 어디로 갔을까?

연기상

– 삿포로시 니시구, 주부, 스미엄마, 37세

두 살 난 우리 딸, 손위 오빠와 터울이 많이 져서

남편이 기다리던 딸이다.

어느 날, 직장에서 돌아온 남편에게 '아빠~ 아빠~' 라고

말을 걸어도 오빠에게 추월당해서 상대 받지 못한 딸.

가만히 등을 돌리고 어깨를 위 아래로 흔들면서

'훌쩍훌쩍' 흐느껴 운다. … 아니 눈물은 한 줄기도 없잖아.

남편은 완전히 넘어가서

'미안하다 이리 와라' 하며 안아 준다.

여기서 딸은 더 어려운 기술을 발휘.

바로 미소를 보여주지 않고

시선을 피하고 45도 각도로 삐친 척한다.

남편은 비위를 맞추려고 더더욱 초조해진다!

잠시 후 기분을 바로 잡아서 겨우 미소를 보여 주는 딸.

남편 알아채라! 거짓울음이란 말이야!

하인

도쿄도 회사원, 코마쓰바라 노리코, 47세

세 살 차이가 나는 오빠가 있는 우리 딸은
어렸을 때부터 오빠를 부려먹는 일에 천재적이다.
오빠도 '동생은 내가 꼭 지켜준다' 며 너무 귀여워한다.
딸아이는 초등학교 입학 전에는 학교 가방이 좋아서
항상 메고 있곤 했는데,
입학 후 가방이 '무겁다' 며 불만 가득 싫증을 내었다.
어느 날 내가 학교에 방문했을 때 선생님으로부터
'O양은 가방을 오빠에게 맡겨버리고
빈손으로 등교하고 있습니다' 라는 말을 듣고 아연실색….
집을 나가 내 눈이 보이지 않는 곳에서 딸은 오빠에게 자기 가방을 건네준다. 오빠는 앞에 동생의 빨간 가방, 등에 자신의 검은 가방을 메고 손잡이 가방도 들고 후~후~ 크게 숨을 쉬면서 학교까지의 오르막길을 올라간다.
딸은 옆에서 '힘내!' 라고 성원을 보내고 있었습니다.

여동생의 시위

– 야마구치현 스오오오시마읍, 공무원, 오오누마 노부히코, 49세

우리 딸이 유아원을 다닌 무렵,

오빠 친구들이 자주 놀러 왔었다.

어느 날, 언제나처럼 TV게임 앞에서

모인 남자의 중 하나가 과자를 꺼내서 먹기 시작했다.

그것을 알아챈 딸이 그와 과자를 응시하고 있는데

남자애는 시선을 견디지 못해서 그런지

'이것 먹을래?' 라고 과자를 딸에게 건네줬다.

만면의 미소로 입으로 넣는 딸.

우연히 그 경위를 보고 있던 나.

딸은 나와 눈을 맞으면 살짝 웃고 내 귀에 이렇게 말했다.

'흥 싱거운 놈.'

그 나이에…. 무섭다.

대체 뭐가 불만이야.

'엄마 아빠 모두 싫어!'

유치원생인 딸에게
나와 남편의 모든 생활이 부정되었다.

원인은 아마도 사주지 않는
옷 때문일 것.

유치원생 나짱

– 치바시 하나미가와구, 파트타이머, 다니가와 치에코, 41세

나짱에게는 하인인 남자가 두 명 있습니다.

나짱이 공원의 모래밭에서 '물이 없다' 고 말하면

하인 두 명은 양동이에 물을 받으러 뛰어 갑니다.

나짱이 좋아하는 그네를 다른 사람이 타고 있으면

누군가가 양보할 때까지 계속 웁니다.

끈기에 진 아이가 그네에서 떨어져도

스스로 움직이지 않습니다.

하인이 먼저 그네를 확보합니다.

나짱은 동성을 싫어합니다.

친구의 어머니가 말을 걸어도 답례도 안 하고
콧소리로 냉담하게 대했습니다.

그때 자기네 반의 킹카가 와서 '나짱 빠이빠이' 하는군요.

나짱의 얼굴은 갑자기 귀여운 시선이 되고,
싱글싱글 웃고, 손을 흔들었습니다.
이상 아들의 친구인 악녀 전설이었습니다.

실은 내 아들이 하인 중의 한 명…. 흑흑.

댄싱 퀸

수학여행

– 야마구치현 우베시, 파트탄이머, 야마모토 스미에, 50세

여자에게 초등학교 마지막 수학여행은

일대 이벤트입니다.

선생님으로부터 수학여행 때

'평상시의 복장을 부탁합니다!' 라는 주의를 받아도

초등학교 6학년 여자들은 일치단결.

'○○도, ××도 사 줬대요.

저기 딱 한 번만 부탁해요.

비싸지 않아도 좋으니까요.'

… 부모는 계략에 빠져 아이가 원하는 것을 사 줍니다.

수학여행 단체사진을 보면 남자들은 평상복,

여자들은 패션 잡지에서 나온 것 같은

화려한 옷을 입고 있었습니다.

캐미솔과 팬티가 다른 것이라 싫어!

아침은 이것부터 시작하고
옷은 물론 구두와 양말, 가방과 손수건,
그렇다고 방치하면
아주 이상한 코디네이트가 되어 버린다.

넌 춤추고, 난 요리한다

– 카나가와현 즈시시, 주부, 와쿠이 마리코, 44세

우리 딸은 이유식을 먹기 시작한 무렵부터
음식 맛이 좋으면 춤을 추는 버릇이 있습니다.
여섯 살이 된 지금도 그렇습니다.
한입 먹을 때마나 일어서서 춤을 춥니다.

가정교육을 시켜야 하는 부모 입장으로써
일단 혼을 내지만 맛있다고 표현해 줘서 고마워!
요리하는 보람이 있어.♪

트위스트

– 도쿄도 네리마구, 단체직원, 야마구치 미에, 37세

다섯 살 난 딸.

노래와 춤을 아주 좋아한다.

지난번에 아빠에게 왕창 혼났을 때.

눈물을 보이며

'미안해요(화를 내듯이)' 라고 말하면서

아빠의 발을 세게 밟으면서

트위스트를 추고 있었습니다.

아마,

반성하지 않았을 것입니다.

춤추는 DNA?

– 마이니치 신문사 사원, 모치즈키 마키, 36세

다섯 살이 된 딸.

마트에서 흐르는 음악에 맞춰서 춤을 춘다.

고전음악은 물론, 살사, 맘보도 OK.

아르헨티나 탱고의 라이브에서는

복도에서 춤을 추기 시작하고 조명까지 받았다.

딸을 사랑하는 부모로서 이 정도까지는 봐 준다.

그러나 JR 전철의 차량 연결부의 손잡이에

발을 걸치고 손을 벌린 폴 댄스는 민폐다.

'비속에서 노래하면' 을 부르면서 유아원을 가는 길을

왔다 갔다 하면서 지각하는 것도 그만 해 줬으면 좋겠다.

그런데 너의 아빠도 초등학교 1학년 때 책상 위에서

알몸 춤을 췄다니 피는 속일 수 없는 것인가?

아아, 전 남편.

아직 어떤 연습을
하는지도 모르면서
프리마돈나가 될 수 있다고
믿고 있는 딸

꿈꾸는 귤

미코시, 회사원, 오오니시 카가쿠, 35세

세 살 난 딸이

자기가 생각한 노래를 자주 부르고 있습니다.

'귤 귤 꿈을 꾼다.'

어느 날부터 부르기 시작했는데 우리 부부는 감동.

지금 이 감성을 소중히 해야 하는데.

우리 아이는 음악가로서 이름을 날릴지도 몰라.

아니 꼭 그렇게 될 거야.

'좋은데 그 노래, 더 불러봐라.'

'좋아요. 귤 귤 꿈을 꾼다 귤 귤 꿈을 꾼다'

딸의 노래 소리에 맞춰 노래하는 부부.

아아 행복해.

'낫토!'

갑자기 딸이 외쳤습니다.

'응?'

'꿈을 꾸는 낫토.'

'그런 노래야?'

'응, 귤 귤 꿈을 꾸는 낫토.'

귤과 낫토를 좋아하는 딸이었습니다.

루주의 전언

여보시요

– 오오사카부, 대학원생, 야마다 나츠, 41세

여자애들은 대개 조숙하고 어른 흉내를 내고 싶어 한다.

걸핏하면 '내가 해요!'

이것은 우리 딸이 세 살 무렵의 이야기.

모두가 저녁을 먹고 있을 때 전화벨이 울렸다.

바로 딸이 '내가 받을 게' 하며 의자에서 내려온다.

우리는 '부탁해. 〈어디세요〉라고 물어봐라' 하곤

식사를 계속했다.

옆방에서 딸의 목소리가 들린다.

'여보시요, 야마다예요.'

딸이 목소리를 낮게 하여 계속 묻는다.

'넌 누구야?'

가풍

– 오카야마시, 주부, 키타가와 케이코, 37세

열 살된 장남과 일곱 살 딸과 함께

아파트 엘리베이터에 탓을 때

아파트에서 잘 생긴 것으로 알려진 모 남자분이 타셨다.

장남이 방귀를 뀌어서 내가

'또 방귀를 뀌고' 라고 말하면 장남이

'그런데 엄마도 아침에 뀌었잖아요.'

나는 '엄마는 방구는 안 껴.'

약간 얼굴을 붉히면서도

아파트에 저의 명예가 걸린 문제라 계속 부정하였다.

그때 딸아이가 '엄마는 방구 같은 것은 안 껴' 라고.

그래, 착한 아이구나라고 생각한 순간,

'엄마 여기서는 끝까지 뻥 쳐야죠!'

나의 모든 것이 무너졌다.

아침의 한 마디

– 오오사카부 네야가와시, 주부, 사토 아야코, 35세

어느 아침의 일입니다.

유치원에 가는 우리 딸이

'다녀오겠습니다!' 하고 힘차게 아빠에게 인사.

아침부터 몸 상태가 좋지 않는 우리 남편은

이불 속에서 '다녀와라' 며 가는 목소리로

겨우 대답했습니다.

거기서 따님이 한 마디.

'패기가 없는 남자군.'

딸이 나간 후 안 좋은 분위기가….

괜히 남편에게

'누가 저런 말을 가르쳐 준 거야' 라고 변죽을 울렸다.

여보, 내가 아니야.

아무리 기분 다운돼도
케이크가 있으면 괜찮아.
엄마도 계속 그랬었으니까.

금기

– 키타큐슈시, 회사원, 익명희망, 34세

이혼한지 1년.

딸 둘은 내가 맡았지만 한 달에 한 번 정도는

전 남편과 함께 나들이합니다.

아빠와 나들이 가는 날에 차 안에서

네 살 난 둘째 딸이 갑자기 전 남편에게 질문했습니다.

'아빠 외로워요?'

… 딸아,

그런 거 물으면 안 돼요.

어딜까?

– 시가현 히가시오우미시, 파트타이머, 오오호리 아케미, 35세

우리 딸이 세 살일 때 아래 아이를 출산.

딸이 병원의 동생 얼굴을 보러 왔다.

빤히 이상하게 보고 한 마디.

'엄마 예쁘군요. 어디서 사 왔어요?'

… 너무 놀란 후 대폭소!

출산의 피곤함이

한 번에 날아가 버렸습니다.

즉답

– 에히메현 니이하마시, 주부, 콘도우 나오미, 26세

세 살 난 딸 영어교실에서.

'당근은 영어로 뭐?' 라는 질문에 '바나나.'

'그럼 개는?' 힘차게 '메리.'

함박 웃던 선생님이 마지막으로

'그럼 엄마는 무엇이었죠?' 라고 물으면 '구두쇠입니다!'

자신의 대답이 만족스러운 모양입니다.

몰라서 그런 것인지 일부러 그런 것인지….

부~
찰깍
미코야 비데를 쓰고 있니? 쓰면 안 돼.
사람의 똥꼬에서는 기름이 나오거든.
비데로 그 기름이 흘러가면 큰일 난단다.
으아~악
기름이 어떤 거야?
풍뎅이 엉덩이서 이상한 냄새가 나잖아. 그거야 그거.
으아~악
엄마 비데 쓰면 안돼요.
찰깍
사용중엔 문을 열지 마.
내가 말하는 것도 그렇지만 여자들의 소문은 근거가 없다.

생각 없음

– 효고현 카와니시시, 주부, 이와모토 마유코, 36세

네 살 된 딸은 남편의 뽀뽀를 싫어해서

키스를 받은 후에는 입술을 닦고

'징그럽다(^_^)' 고 말합니다.

어느 날 딸이

'엄마는 결혼식 때 아빠와 뽀뽀했어요?' 라고 물어서

'했어' 라고 대답했지요.

'징그러운 것 참았어요?' 랍니다. (^_^;)

가여운 남편입니다.

어른이 되면 키가 커지고,
피부가 하얗게 되고, 금발이 되고,
파랑 눈이 되고, 할리우드 여배우로
성장한다고 믿고 있다.
그러나 완전히 토속적인 얼굴.

좋아하는 사람

– 카나가와현 후지사와시, 회사원, 이토 사나에, 35세

'누굴 제일 좋아하니' 라고 물으면

'당연히 엄마!' 라고 진심으로 대답하는 딸1(네 살).

실은 아빠를 좋아하지만 내가 물으면

'엄마…' 라고 대답하는 눈치 빠른 딸2(다섯 살) .

지난번에 '성장하면 가족 이외의 사람도 알게 되니까

좋아하는 순서가 바뀐다' 는 말을 듣고

시험 삼아 딸2에게 물었습니다.

'첫 번째는 엄마, 다음은 같은 반의 타쿠 군, 다음은 유키 군, 토시 군, 그리고 하루 군…' 식으로 남자들의 이름이 계속 이어가고 집에서 키우고 있는 고양이와 개의 이름, 할아버지 할머니. 그 후에는 유치원의 여자 친구들의 이름들이 연연 이어졌습니다.

그런데 언니 이름은 안 나왔군요.

사이 좋지 않은 자매입니다.

말의 사용법

– 사이타마현 소우카시, 파트타이머, 키타야마 야요이, 39세

지난번에 다섯 살 난 우리 딸이 집에 돌아오자마자
한 마디 합니다.

'엄마 A는 귀여워요.'

내가 '왜' 라고 물으면
'왜냐면 미묘란 단어의 뜻을
어떤 병이라고 생각하고 있어요.
그래서 잘 가르쳐 줬어요.
미묘란 말은
〈이 음식이 맛이 어때?〉라고 질문 받았을 때 쓰는 말이라고.'

에이~ 그럴 리가?
엄마는 슬픕니다.

그녀의 어휘

– 카와사키시 아소우구, 자영업, 아이바 토코에, 39세

네 살 된 우리 딸은

애니메이션 '케로로 중사' 를 아주 좋아한다.

거의 매일 보고 있지만

여덟 살 난 아들의 공부시간만은 TV시청금지.

아들도 TV를 보고 싶어서

그 시간까지 숙제를 다 하려고 그러는데….

어느 날 여러 번 오빠에게

'아직도 숙제 못 끝냈어?' 하고 묻고 있던 딸.

1시간 지나도 끝내지 못한 오빠에게 진짜 뚜껑이 열렸다.

'니가 빨리 빨리 끝내지 못하니까

계속 케로로를 못 보잖아!

이 멍청아!'

멍청이라는 말을 오랜만에 들었습니다.

다른 날에 남편에게 혼난 우리 딸.

자기에게 잘못이 있어도

절대로 인정하려고 하지 않습니다.

입씨름을 한 후 '엉엉 캇파가 나를 괴롭힌다.'

캇파♥라는 말을 들은 남편은 잠시 말을 잃었었습니다.

남편의 명예를 위해 보충하지만

남편은 대머리가 아니랍니다.

♥ 캇파 : 일본 귀신 중 하나로 가운데 머리가 대머리다.

스위트 메모리즈

머리 춘권

– 코베시 나다구, 간호사, 이마무라 아케미, 41세

이제 네 살이 되는 우리 딸은 목욕 후에
젖은 머리카락을 터번으로 올리는 것을 보고
'나도 춘권을 해 줘!' 라고 수건을 나에게 건넨다.

터번=머리띠=춘권으로
아이의 머릿속에서 진행된 것 같았다.

여러 번 '춘권' 이라고 부탁을 받지만
매번 웃음이 나올 정도로 귀엽기만 하다.

자꾸 생각이 나서

화풀이 한다.

선언

– 나가사키시, 회사원, 하루엄마, 39세

전에 '다 크면 아빠와 결혼한다' 고 말하며
아빠를 사랑하던 우리 딸.

유아원 졸업반이 되면서
같은 반의 남자애와 '러브 러브' (본인 왈)가 되고
편지를 교환하기 시작하였습니다.

그리고 결국 어느 날
'아빠, 나는 아빠와는 이제 결혼을 못하겠어요.
미안해요!' 라고 눈물을 흘리면서 선언.

아빠의 기분이 잠시 동안 삐진 것은 말할 것도 없다.

네 작은 몸짓도 사랑스러워

– 미국 워싱턴주, 사회복지사, 오오사와 프링맨 치에, 35세

5개월이 되는 우리 딸(별명은 푸짱).

요즘은 졸리면 작은 양손을 눈에 대어 북북 문지른다.

눈물겨운 눈으로 '우웅' 이라 숨을 내쉬면서

몸을 늘어뜨리는 푸짱.

정말로 너무 너무 귀엽다.

그런 작은 몸짓에 남편도 맥을 못추고 있다.

그 후에 푸짱을 서로 안으려고 싸움이 벌진다.

사랑을 갈망하는 것은 실은 부모일지도.

감사

– 후쿠시마시, 학생, 오오야 메구미, 31세

우리 딸은 두 살과 6개월.

내가 울고 있으면
아무 말하지 않고 가만히 껴안아 줬다.

내가 울고 있으면
'엄마 울면 안 돼' 라고 오냐오냐해줬다.

내가 울고 있으면
'계속 곁에 있어 주겠다' 며 뺨을 대어 줬다.

이혼의 상처를 회복하지 못한 나를 감싸주는 딸들.
작은 몸으로 나에게 많은 기쁨과 행복을 준다.

내가 너희들의 엄마여서 행복하단다.

어른이 되어도
쭉 귀엽고 여자답기를….
하지만 드레스나 보석들은
스스로 살 수 있기를
바란다.

엄마의 말버릇

– 카나가와현 히라쓰카시, 공무원, 키쿠치 마유미, 37세

네 살 난 우리 딸은 아쉽게도 나와 닮아

이른바 '귀여운 스타일'의 얼굴이 아니다.

그런데 자기 딸은 무엇을 해도 귀엽다고

나는 아이들에게

'모모는 예쁘구나.'

'왜 엄마의 딸로 태어났을까?'

'엄마에게 와 줘서 고마워.'

남들이 보면 '바보 엄마'다.

지난번에도 딸을 안으면서

항상 하던 말들을 하고 있을 때

'저기 엄마, 항상 그런 말을 하는데 괜찮아요?'

응, 괜찮냐고? 왜? 왜?

남자애들은 가끔은
어려운 일도 당해봐야 한다고 생각한다.
그럴 리는 없겠지만 여자인 너는
아무 일 없이 자랐으면 한다.
어머니의 본심.

크레용 미짱

– 니이가타시, 자영업, 와타나베 후미코, 40세

둘째 딸을 임신 중이던 7년 전, 입덧이 심했던 나는
그 날도 '우엑 우에' 고생했었습니다.

옆방에서 놀던 큰 딸이 뛰어와서
'엄마 괜찮아, 괜찮아요' 라고 다정하게 등을 밀어 줬습니다.
정말 착한 딸이라며 감동의 눈물을 참으면서
함께 방으로 갔습니다.
하얀 벽 전체에 크레용으로 낙서가 그려져 있었습니다.

벽지를 바꾸는데 돈이 들었지만
처음으로 사람의 얼굴 같은 것을 그린 것도 그때였네요.

지금은 즐거운 추억입니다.

오늘로 이별

– 사이타마시 미나미구, 회사원, 오쿠타니 마스미, 42세

어느 날 초등학교 5학년된 딸과

언제나처럼 같이 목욕하고 있었습니다.

'이제 혼자서 머리도 감을 수 있고

몸도 씻을 있어서 괜찮아요.'

그래, 언젠가 이런 날이 올 것을 알고 있었지만

그게 오늘이라니…. 충격을 감추며

보이지 않게 미소를 짓고 '그래? 이제 괜찮겠구나.'

딸을 보며 눈물을 감추고 자신의 생각을 말한 것이라고

딸의 성장에 기쁨과 외로움으로 가슴이 벅찼습니다.

되도록 밝게 행동했는데 딸에게는 기운이 빠진 것처럼

보였는지 '가끔은 같이 목욕해도 좋아요' 란다.

그 배려에 또 엉엉 울고 눈물이 났습니다.

착한 아이로 성장해줬습니다.

딸들의 성장을 바라보는

세상의 아빠들은 괴로울 것입니다.

꽃의 선물

– 카나가와현 야마토시, 주부, 시마노우라 토시코, 68세

'다녀왔습니다' 하고 외치며

놀이터에서 돌아온 딸이

나에게 '자 엄마' 라고 건네 준 것은

꽃이었습니다.

그 꽃은 길가에 흔히 있는 개망초라는 야생화입니다.

'고마워.'

나는 처음 딸로부터 받은 선물에 감격했습니다.

딸이 유치원을 다닐 때라 벌써 35년이 지났습니다.

학창시절에도 돈을 아껴 모아

내 생일에는 꼭 꽃을 보내 줬습니다.

그리고 마지막 선물은

시집가서 보내 준

어버이날 카네이션이었습니다.

그 해 6월에 딸을 잃었습니다.

꽃을 좋아하는 나도

당분간 꽃가게에 들릴 수 없었습니다.

지금은 딸의 불전에

헌물로 쓰기 위해 꽃가게로 갑니다.

딸로부터 '고맙다' 는 말을 들을 수 없지만,

나는 딸에게 '많은 추억이 고맙다' 고 말하고 있습니다.

어머니와 딸

새벽에 유흥가에서 깡패가 경찰관과 싸우고 있다.
없는 거야?
깡패는 동정심에 싸우고 있는 것처럼 보였다.
준비 못하면 태우지 않을 거야.
경찰차에 어린이용 시트가 없으면 연행 못하게 할 거야.

지금쯤 그 모녀는 먼 조국에 돌아갔을까,
그럴까?
둘이 함께 손잡고 있기를 빕니다.
딸과 매일
손을 잡을 때마다 감사한다.
모든 일과, 많은 것에 대해서